Vizita Ainaro

Hakerek-na'in: Prisca Pacheco Tilman
Ilustrasaun husi Clarice Masajo

Library For All Ltd.

Library For All nu'udar organizasaun Australiana ne'ebé la buka lukru. Library For All ho nia misaun forma koñesimentu ne'ebé ema hotu bele asesu liuhosi biblioteka dijitál ne'ebé inovativu.
Vizita ami iha: libraryforall.org

Vizita Ainaro

Publikasaun dahuluk 2021

Publikadu husi Library For All Ltd
Email: info@libraryforall.org
Website: libraryforall.org

Livru ida-ne'e bele prodús tanba simu suporta laran-luak husi Education Cooperation Program.

Ilustrasaun husi Clarice Masajo

Vizita Ainaro
Prisca Pacheco Tilman
ISBN: 978-1-922647-40-5
SKU01983

Vizita Ainaro

Iha ferias ha'u bá pasa tempu ho família sira iha munisípiu Ainaro.

Ami prepara sasán sira atu lori. Ha'u lori ho jaketa ida, roupa balu, biskoitu, prezente ba avó-feto, papagaiu ida ho ninia kabaas, xapeu ida no ha'u-nia livru istória balu atu lee.

Ami para uluk iha Maubisse ba haree pouzada ne'ebé furak. Sente fresku tebes!

Iha dalan, ami para atu hola morangu kór-mean loos, midar no fresku. Mmmmm gostu no baratu loos.

Molok ba avó nia uma,
ami ba uluk vizita estátua
Virgem Maria Rabilau.
Ami reza no hasai
fotografia iha ne'ebá.

To'o iha avó nia uma, ami han kedas. Avó prepara ona koto da'an ba ami atu han.

Iha lokraik ha'u ba dada papagaiu ho ha'u-nia primu sira. Ami husik papagaiu semo aas loos.

Loron sira tuir-mai,
ami ba vizita...

Mota Erelau besik Fleixa.

Bee-tudak Tiris Dokomali

Mota Keilelo

Ha'u gosta tebes vizita fatin furak sira iha Timor-Leste. Munisipiu ida-ne'ebé mak ha'u tenke ba vizita tuir mai?

Ó bele uza pergunta hirak-ne'e hodi ko'alia kona-ba livru ne'e ho ó-nia família, belun sira no mestre sira.

Ó aprende saida husi livru ne'e?

Ho liafuan ida ka rua deskreve livru ne'e. Kómiku? Halo ta'uk? Halo kontente? Interesante?

Ó sente oinsá bainhira ó lee hotu tiha livru ne'e?

Parte ida ne'ebé mak ó gosta liuhosi livru ne'e?

Download ami-nia app ba lee-na'in sira iha getlibraryforall.org

Kona-ba kontribuidór sira

Library For All servisu hamutuk ho hakerek-na'in no artista sira husi mundu tomak atu dezenvolve istória ne'ebé relevante, kualidade di'ak no kona-ba tópiku oioin. Ami halo istória hirak-ne'e ba lee-na'in labarik no joven sira.

Vizita website libraryforall.org atu hetan informasaun atuál kona-ba ami-nia workshop ba hakerek-na'in, informasaun kona-ba oinsá atu submete livru ba publikasaun, no oportunidade kriativu seluk.

Ó gosta livru ne'e?

Ami iha istória orijinál atus ba atus ne'ebé ita bele lee.

Ami servisu hamutuk ho hakerek-na'in lokál sira, edukadór sira, konsellu kultura nian, Governu no ONG sira atu lori ksolok lee ba labarik sira iha fatin ne'ebé de'it.

Ó hatene?

Ami kria impaktu globál iha área hirak-ne'e tanba ami servisu tuir Objetivu Dezenvolvimentu Sustentavel Nasoens Unidas nian.

libraryforall.org